나를 일어서게
하는 것들

이영상
포토에세이

청어

나를 일어서게 하는 것들

이영상 포토에세이

가만히 있어도 땀이 줄줄 흐르던 그해 여름,

드넓은 소래 염전, 구석에 있던 사각형의 거무튀튀한 소금 창고 앞에서 한 청년이 자전거에 기댄 채 소리를 지릅니다.

"안녕하세요?" "더우신데 꽈배기 드시고 하세요."

"튀긴 게 싫으시면 찐빵하고 만두도 있어요."

어설픈 표준말을 쓰는 모습이 안쓰럽게 느껴졌는지, 겉만 어른인 청년의 공허한 외침이 자신들의 중노동보다 더 힘들어 보였는지는 몰라도 대개 혼잣말처럼 "거기 창고에 골고루 놓고 가" 한마디 던지고선 하던 일을 계속하였습니다.

고교 졸업 후 상경한 난 처음 본 사람과 눈 맞추기도 어려워했을 만큼 촌뜨기 중 촌뜨기였지요. 하지만 대학에 입학하자마자 주말이면 가리봉삼거리, 춘의오거리, 소사삼거리 등 식당에서 음식을 배달하였고, 비디오 가게 점원도 하면서 낯선 곳에서 꽈배기를 외상으로 팔 정도로 금세 얼굴이 두꺼워졌습니다.

민주화 운동이 정점을 향해 치닫던 86년, 의경으로 입대를 한 것이 경찰관으로 일을 하게 된 직접적인 계기가 되었습니다.

제복이 주는 묘한 매력에 이끌렸고, 어깨너머로 배운 경찰업무는 단순한 호기심 충족을 넘어 직업으로 삼기에 충분할 만큼 재미있었습니다.

제대 후 순경으로 근무를 시작하였고, 10개월 정도 일한 뒤 사표를 내고 간부후보생 공부를 시작했습니다. 아마 그때가 가장 열심히 살았던 때였던 것 같습니다. 만사 제쳐두고 오직 공부에만 몰두했으니까요.

경기도 수원에서의 첫발, 1년간 합숙 교육을 마쳤으니 의욕 충만하여 현장에 나가고 싶었으나, 동료 한 명 없는 텅 빈 사무실로 첫 발령을 받았고, 시간이 날 때마다 경감 승진시험을 준비했는데 운 좋게도 꽤 치열했던 경쟁률을 뚫고 합격할 수 있었습니다.

근무 중 여러 어려움이 있었지만, 함께 근무한 선후배 동료들의 도움으로 오늘에 이르고 있습니다.

현장은 늘 외롭습니다.
현장은 늘 아픕니다.
현장은 늘 활시위처럼 팽팽합니다.
한 곳을 정리하면 또 다른 곳이 기다리고 있고, 정신없이 밤을 지새우고 나면 몸도 마음도 파김치처럼 축 늘어집니다.

거침없이 달려가야 하는 숨 가쁜 현장, 도움을 기다리는 국민이 있는 곳, 그곳이 바로 경찰이 태어난 곳이자 돌아가야 할 곳이라는 것을 늘 가슴 깊이 새기고 있습니다.

꽤 오래 장거리 출퇴근을 하면서 대중교통을 이용하였고, 목적지 두어 정류장 전에 내려 이리 걷고 또 저리 걸었습니다. 그러다 보니 생각할 여유가 많았습니다.

어느 순간, 사방을 둘러보니 온통 스승들이었습니다.
풀 한 포기의 작은 흔들림에서, 개미 한 마리의 부지런한 움직임에서, 푸른 하늘의 드넓은 품 안에서 웃고, 울고, 배우고, 용기와 지혜를 얻었습니다.

우리의 몸 안엔 냉철한 이성과 충동적 본능이 공존하고 있습니다. 이성이 냉철함을 유지할 땐 평온한 일상을 누릴 수 있지만, 잠시라도 한눈을 팔면 순식간에 본능에 잠식당해 일탈의 길로 들어서고 말지요.

이성을 살찌우고 유지하는 데는 독서와 글쓰기가 으뜸이라고 생각합니다. 부끄러운 이 책이 독자들의 평온한 삶을 유지하는 데 조금이라도 도움이 되었으면 좋겠습니다.

끝으로 항상 곁에서 힘이 되어주는 아내에게 고마운 마음을 전합니다.

제2부 자연에서

제 1 부

일상에서

○ 첫인상

마주하는 사람이 이전과 달리
예민한 태도를 보인다면

오늘 만났을 때 첫 대화를
어떻게 했는지 돌이켜보세요.

그의 단점을 얘기했거나
감추고 싶은 부분을 들추진 않았는지.

○ 항해

배는 스스로
항해 할 수 있지만

물살에 떼밀려
떠다닐 수도 있습니다.

때론
삶도 그렇습니다.

○ 성에

물빛 밤손님 유리창에
하얀 도화지 놓고 갔다.

삐뚤삐뚤 손톱으로
흐릿한 얼굴 그려본다.

옆으로 쭉 눈을 만들고
아래로 쭉 코를 세운다.

빙그레 입을 다듬은 후
호호 입김 불어 지운다.

○ 경청

타인의 연애사나 가정사는
심각하지만 조언은 어렵습니다.

한쪽 얘기만 들어야 하고
자세히 알기 어렵기 때문입니다.

형식적 조언 보다는
경청과 위로가 낫습니다.

○ 청계천에서

청계천 물속엔
메기, 붕어, 피라미…

돌판에서 춤을 추기도
폴짝 키 자랑도 한다.

큰 놈들은 깊은 곳에
작은 놈들은 얕은 곳에 산다.

서로 영역을 존중해주니
아등바등 다툴 일이 없다.

그들만의 공존 방식일까.

○ 있는 그대로

사소한 것에도
화내는 사람을 만나시거든

'내가 뭘 잘못했나?'
답을 찾으려 하기보다

'화가 많이 쌓였나 보다'하고
그냥 이해해 주세요.

○ 수제화 거리

낡은 염천교를 지나면
100여 년 된 수제화 거리가 있다.

가죽 냄새 맡으며 한 땀 한 땀
장인의 손을 거친 구두는 보물이었다.

하이칼라 멋쟁이 아저씨도
빡빡머리 이등병도 신었으리라.

봄바람 가을 햇살 떠난 자리엔
빛바랜 낡은 간판이 버티고 있다.

올 겨울 보물 하나 장만하면
장인의 환한 미소 볼 수 있으려나.

○ 타인 느낌

매일 다니던 그 길이
눈 감고도 찾던 그 장소가
어느 날 낯설 때가 있습니다.

매일 만나던 그 사람
눈빛만으로 통하던 그 사람이
어색하게 느껴질 때가 있습니다.

잠시 휴식을 원하는 것이니
슬그머니 반걸음만 물러나 보세요.

○ 선택

삶은 선택의 연속입니다.
이동 수단의 선택에서부터
배우자, 직업 선택에 이르기까지

선택 시점에서
최고의 선택은 어렵습니다.
완전한 예측이 불가능하니까요.

최선의 선택을 한 후
스스로 만족해한다면
그것이 곧 최고의 선택이 아닐까요.

○ 마음

골프
OB를 두려워하면 OB가 나고

테니스
아웃을 두려워하면 아웃이 되며

탁구
네트를 두려워하면 네트에 걸립니다.

실수를 두려워하는 그 마음이
바로 그 실수의 원인이 아닐까요.

○ 말 타기

가위바위보!
으! 또 말을 해야 하다니.

말을 탄 기억보다
말을 했던 기억이 또렷한 것은

좋은 기억보다
아픈 기억이 더 오래간다는 것.

○ 부자 되는 법

대화할 땐
많이 들어주고

사무실 청소도
먼저 하고

각자 내기 모자라면
좀 더 내고

얼마 지나면
사람 부자 될 거예요.

○ 한결같이

동녘을 붉게 물들이며
세상을 밝혀주는 일출

서녘을 곱게 수놓으며
하루를 마감하는 일몰

찬란하게 나타났다가
수줍게 사라지는 모습

시작과 끝이 변함없으니
늘 새롭고 반가운가 보다.

○ 유능하다는 것

누구나 해낼 수 있는 것을
잘하는 것이 아니라

하기 싫어하는 것
어려워하는 것을 해내는 것.

○ 이해

끓는 물을
잠시 재울 땐
찬물 한 종지

치솟는 화를
가라앉힐 땐
이해 한 움큼

○ 현명한 어른

현명한 어른은
더하거나 보태려 하기보다
빼거나, 나누려 합니다.

비워진 자리가
행복으로 채워진다는 것을
알기 때문이지요.

○ 운전과 인생

제 속도로
운전하다가도
뒤차의 움직임에
과속할 때가 있습니다.

여유롭게
살아가다가도
주변의 부추김에
무리할 때가 있습니다.

그러다
사고가 나거나,
탈이 난다면
모두 내 손해입니다.

너무
뒤차 눈치 보거나
주변 신경 쓰지 마세요.
어차피 내 갈 길이잖아요.

○ 치유

숨긴다고 숨겨지지도
감춘다고 없어지지도 않습니다.

아프면 아프다고
외로우면 외롭다고 얘기하세요.

먼저 아파본 사람이
많이 외로워 본 사람이
극복하는 방법을 알려줄 테니까요.

○ 망설임

살까 말까
망설여질 땐 돌아서는 게 좋습니다.
꼭 필요한 물건이 아니니까요.

할까 말까
망설여질 땐 하는 게 좋습니다.
경험이 쌓이잖아요.

○ 첫 실패

첫 실패에
너무 걱정하지 마세요.

첫 성공은
큰 실패의 원인이 될 수 있지만

첫 실패는
큰 성공의 바탕이 될 수 있으니까요.

○ 포기

꼭 자야지
반드시 자야지
할 땐 잠들지 못하다가

'자긴 틀렸으니
눈이나 감고 있자'하면
스르르 잠이 옵니다.

때론 포기하면
얻는 게 있습니다.
사람의 마음도 그렇다지요.

○ 관행을 바꾼다는 것

누군가 불이익을 감수하고
새로운 길을 열어 가보는 것.

○ 이사

이사를 하다 보면
항상 물건은 많고
집은 좁게 느껴집니다.

사실은
집이 좁은 게 아니라
버려야 할 물건이 많은 것이지요.

○ 결정

결정을 해야 할 땐
뭐든 하는 게 좋습니다.

때를 놓치면
어떤 결정도 소용없잖아요.

○ 음양의 법칙

얻는 게 있으면
잃는 게 있고

잃는 게 있으면
얻는 게 있습니다.

단지
크기의 차이일 뿐

다 가지려 하다간
모두 잃을 수 있습니다.

○ 충고

충고하고 싶다면
잠시 여유를 가지세요.

그 행동을 하게 된
이유를 알아야 합니다.

성급한 충고는
질책으로 보일 수 있거든요.

○ 신기루

순간 왔다가
찰나 사라지는 것

타인에 대한 존중감
나에 대한 자신감

왔을 때
꼭꼭 붙잡아 두세요.

○ 적응

새로운 현실에
적응한다는 것

마주한 불편함을
익숙함으로 바꿔가는 것

○ 누군가 눌러주겠지

아직은 푸른 어둠이 세상을 지배하는 새벽 5시,
머리맡 핸드폰에선 한 치의 오차도 없이 건조한 멜로디가 흐른다.

이리 뒤척 저리 뒹굴 하다 소용없음을 알아챈 몸뚱이가 먼저 이불
과 거리 두기 시작하면서 샐러리맨의 반복되는 하루는 시작된다.

경부고속도로를 타고 서울로 향하는 출근길은 그리 녹록치 않다.
자기 차량으로 이동하는 사람도 있지만 대부분 버스나 지하철 등 대
중교통을 이용한다.

조금 늦게 일어나 여유를 부리다간 어김없이 출근 전쟁에 시달리게
된다는 것을 오랜 경험으로 알다 보니 힘들더라도 조금 일찍 일어나
광역버스의 듬성듬성한 공간에 몸을 맡기곤 한다.

앉은 것인지 누운 것인지 몽롱해질 무렵, 이리 기우뚱 저리 기우뚱
하던 버스는 어느새 고속도로를 시원하게 내 달린다.

그즈음 아랫배가 살살 아파지기 시작했다. 지난밤 동네를 거닐다
우연히 마주친 이웃과 들이켠 찬 막걸리 때문인지 아니면 안주로 곁들
인 매콤한 닭발의 자극 때문인지는 몰라도.

판교를 지날 무렵 사르르 전신을 타고 흐르는 불안한 전율, 팔을 꼬집어보기도 엄지발가락에 힘을 줘 보기도…. 안정시키는 데 좋다는 온갖 민간요법을 써 봤지만 아무 소용이 없었다.

그렇게 몸에 식은땀을 흘리며 달래내고개를 지나 양재에 접어드니 흡사 경마장에 사람 몰리듯 차들이 엉금엉금 기어가고 있다. 맙소사!

'아니 저 많은 차도 배에 탈이 나 저리 조심스레 움직이고 있는 건가?' 그 다급한 상황에서조차 싱거운 생각이 들었으니 아직은 참을 만한가 보다.

이른 아침이라 막힐 시간이 아니었지만 조금 지나고 보니 가벼운 접촉사고로 인해 꼬리에 꼬리를 물고 있었다.

겨우겨우 한강을 지나 남산터널을 빠져나갈 무렵 '이제 살았구나' 하는 안도감에 잠시 눈을 감았다. 조금만 더 지나면 첫 정류장인 백병원 입구에서 내릴 수 있을 테니.

그런데 이게 웬일, 평소 많은 승객이 내리던 장소라 당연히 멈출 줄 알았던 버스는 무심하게도 정류장을 지나쳐 을지로 입구 방면으로 좌회전을 해버렸다. 아뿔싸!

내리려던 승객들은 그제야 아무도 하차 벨을 누르지 않은 것을 알게 되었고.

야속한 마음으로 기사를 흘겨보기도, 혼잣말로 신세타령을 하는 승객도 있었지만 '누군가 눌러주겠지' 하는 마음에 발생한 일이니 딱히 하소연할 곳도 없다.

그러는 사이 뱃속은 임계점을 지나고 있었고 이마에만 송골송골 맺혔던 땀방울은 어느새 등줄기를 타고 흘러내리기 시작했다.

슬금슬금 비틀비틀 구부정한 자세로 출입문을 향해 나아가 버스가 정차하자마자 시청 지하 계단을 향해 내달렸고, 아슬아슬하게 위기를 넘길 수 있었다. 해우!

며칠 후,
기어코 우려하던 일이 또 벌어지고 말았다.

그날도 이른 시간이라 몇 안 되는 승객을 태운 광역버스는 소도시를 벗어나 고속도로에 접어들자 쏜살같이 내 달리기 시작했다.

잠이 부족한 몇몇 승객은 고개를 젖히거나 창가에 기댄 채 졸고 있었고, 그 고단한 시간에도 책을 보거나, 고개를 숙이고 핸드폰을 두드리는 사람…

익숙한 풍경에 묻혀 스르르 감겼던 눈이 떠질 무렵, 첫 정류장에서 멈출 줄 알았던 버스는 이번에도 하차 벨이 없자 여지없이 백병원 정류장을 지나쳐 버렸고, 승객들의 한숨 소리와 짜증 섞인 혼잣말만 들리던 이전과 달리 정지 신호에 버스가 멈추자, 어르신 두 분이 번갈아 가며 거칠게 항의하기 시작했다.

"어이 기사 양반, 거 말이야 사람 내릴 줄 뻔히 알면서 왜 안 세워주는 거요!"
"아니 어르신! 하차 벨을 눌러야 세워 드릴 것 아닙니까!"
"거 깜빡할 수도 있는 거지, 사람이 그리 꽉 막혀서야 쓰나."
"이게 무슨 지하철입니까? 정류장마다 다 서야 하게요."

그렇게 건조하고 날카로운 대화는 한동안 이어졌고, 을지로 입구 방면으로 좌회전 신호가 들어오자 급히 출발한 버스는 다행히 기사분의 배려로 비상등을 깜빡거리며 끝 차로에 잠시 정차를 함으로써 소동은 마무리되었다.

아직 두어 정류장 더 가서 내려야 하는 까닭에 그 광경을 물끄러미 쳐다보던 난 선뜻 어느 한쪽 편을 들기가 어려웠다.

승객으로선 매번 여러 사람이 내리는 곳이니 그냥 세워주거나 내릴 사람 있냐고 물어봐 줬으면 하는 마음이고,
기사분의 입장에선 하차 벨이 없었으니 규정대로 그냥 지나치는 건 당연하다는 것이니.
원칙과 배려가 팽팽히 맞서는 아침이었다.

우리는 살아가면서 알게 모르게 이웃으로부터 많은 도움을 받고 있

지만, 당연시하거나 쉽게 잊고 만다.

　각박한 도시 생활이 그래도 살만한 것은 타인을 배려해주는 고마운 마음들이 곳곳에 어우러져 있기 때문이리라.

　이른 출근길, 두 번의 경험 이후로 버스 정류장에 다다를 때면 서둘러 하차 벨을 누르게 되었고, 누군가의 작은 손짓, 따뜻한 배려에 더욱 감사한 마음을 가지게 되었다.

○ 다시 일어서게 하는 것들

이리 걸어도 제자리
저리 뛰어도 제자리
이 사람은 이만치
저 사람은 저만큼

비교하지 말아라.
좀 늦어도 괜찮다.
쉬엄쉬엄 오래 가자꾸나.

허수아비 흔들림에
헛기침한다며 박장대소
옆 사람 웃음소리에
영문 몰라도 같이 웃거라.

이래도 웃어보고
저래도 웃어보자.
없던 힘 불끈 치솟는다.

오가는 발길에
까닭 없이 밟히고

지나는 비바람에
맥없이 쓰러지고도

다음 날 아침이면
한결같은 풀이 손짓한다.
오뚝이처럼 벌떡 일어나라고.

무거운 눈꺼풀
밀어 올리는 아침
눕기도 전에
눈 감기는 저녁

따뜻한 엄마 미소가
토닥토닥 새벽을 밝혀준다.
힘들어도 다시 일어서라고.

○ 뻘쭘

낮술 한잔에 기분이 들 떠 있다.

조수석 의자를 눕히고 가수처럼
목청껏 노래를 부른다.

끝나기 무섭게 라디오를 틀고
소리를 키우는 운전석 그녀

박수와 환호를 기대했는데
부끄러워 창밖으로 고개를 돌린다.

○ 담쟁이 넝쿨

길모퉁이 오래된 돌담엔
삐쭉, 뾰족, 둥근 돌…

이 돌은 저 돌을 껴안고,
저 돌은 이 돌을 감싼다.

요리 기웃 조리 기웃
비집고 들어갈 틈이 없네.

정 많은 석촌리엔
빨간 별 무리 자리다툼 중

○ 우리 집 그녀 1

그녀와 잠시 외출 후
현관에 들어서니
탄 냄새가 요동친다.

부리나케
부엌으로 달려가니
매캐한 연기가 자욱하다.

대충 정리한 그녀
홱 돌아서더니
"당신이 끓여 달래서 이렇잖아요."

"미안해요.
앞으로는
내가 직접 끓여 마실게요."

○ 뜨거웠던 그 밤

꼬물꼬물 산 낙지에 소주 한 잔
퀴퀴한 삼합에 막걸리 한 잔
남도의 첫날은 순식간에 저물었다.

다음 날 서둘러 미황사로 향했고
군밤 마차의 깃발이 반겨 주었다.

"유난히 뜨거웠던 그 밤,
당신을 못 잊어 또 왔습니다."

우린 일제히 웃음을 터트렸고,
군밤 아저씨도 빙긋이 웃으셨다.

○ 여우와 두루미

밀가루, 튀김, 커피를 즐기지 않는다.

선배가 점심을 산다기에 나갔더니
주저 없이 짜장면, 탕수육을 시킨다.

싫어하는 것만 용케 골랐다고 했더니
미안하다며 블랙커피를 사주신다.

선배가 싫어하는 음식을 알아보는 중이다.

○ 첫사랑

문득 궁금하고
가끔 생각나는
아련한 첫사랑.

천신만고 끝에 소식을 들으면

잘 살면 배가 아프고
못 살면 마음이 아프고
연락이 오면 골치가 아프다 하더이다.

○ 우리 집 그녀 2

그녀는 바람 좀 쐬겠다며
1박 2일 봄 여행을 떠났다.

난 평소처럼 옷은 소파에
빈 그릇은 싱크대에 뒀다.

여행을 다녀온 그녀
"내가 못 살아, 청소 좀 하세욧!"

이번엔 따분하다며
1박 2일 가을 여행을 떠났다.

난 평소와 달리 옷은 옷장에
그릇은 설거지 후 찬장에 넣었다.

여행을 다녀온 그녀
"내가 없어도 이 집은 잘 돌아가는구나!"

○ 탬버린에게

요새 많이 힘들지
햇볕도 안 들어오는 곳에서 얼마나 답답하니.

너 본 지도 참 오래됐구나
재작년 겨울엔가 한 번 보고 아직 못 봤으니

네가 어두운 곳에 우두커니 있을 때
내가 손 내밀면 찰랑거리며 그리 좋아했는데

보러 가고 싶어도 용기가 나질 않는구나!
너무 오래되다 보니 민망하기도 하고

요새 트롯 가수들 신곡 많이 냈더라
신나는 곡으로 연습해두면 좋을 거야.

상황이 나아지면 만나러 갈게.
안녕.

○ 망초야

봄꽃 지고 난 황량한 들판에
하얗게 무리 지어 나타난 망초 친구들

살랑살랑 샛바람에 하늘하늘 군무를 보이면
잿빛 건물도 깨진 유리 조각도 환히 웃는다.

그런데 이쁘디이쁜 너 이름을 누가 지은 거니
네 사촌은 개망초던데 그건 또 누가 지은 거고.

○ 허수아비

땡볕 쪼이고
모진 바람 맞으며

달빛 그늘 무서움
새벽 찬 이슬은 견디겠소만

외로움은 참기 어려우니
요금제 영화라도 틀어주시오.

○ 겨울 아침

서늘한 하늘에
싸라기눈 날릴 때쯤

휑한 감나무엔
배고픈 까치 한 마리

뒤척이시던 아버지
아궁이에 군불 지피면

이불 속 육 남매
키득거리는 겨울 아침

○ 새똥

퇴근 후에 감던 머리를
모처럼 아침에 감았다.

룰루랄라 휘파람 불며
가볍게 나서던 출근길

툭!
섬찟한 전율이
온몸을 타고 흐른다.

새똥이 정수리로 떨어졌다.
그놈이 조준 발사한 듯.

기왕 잘 맞는 날이니
로또를 사보기로 했다.

○ 날파리증

엥~ 그래 좋다.
함 제대로 붙어보자.

넌 목숨을 걸고
난 오늘 밤잠을 걸고

요리조리 아웃복서와
집요한 인파이터의 대결

내가 졌다
치명적인 단점 때문에

애당초 넌 없었고
난 황망히 허공만 휘저었다.

날파리증!
엥~ 소리도 이명이었다.

○ 늦 모기

늦바람이
무섭다는
소린 들었어도

늦 모기가
무섭다는 건
간밤에야 알았다.

서늘한 바람에
무심코 열어놓은
방충망

밤새 시달렸더니
붕 뜬 마음
축 처진 몸.

○ 아뿔싸

샤워하고
폼 나게 외출했는데
그대로인 수염

멀리 주차하고
다음 날 달려갔는데
놓고 온 자동차 열쇠

늦잠 자고
허겁지겁 버스 탔는데
발을 보니 실내화

○ 우리 집 그녀 3

20대 그녀는
세상 물정 잘 몰라
둘러대는 대로 믿었다.

30대 그녀는
종종 친구를 만나더니
나를 아래위로 훑기 시작했다.

40대 그녀는
어디서 배웠는지
집안 고장 난 곳 다 고친다.

50대 그녀는
가만히 앉아서
다 알아채는 요술쟁이가 되었다.

제 2 부

자연에서

○ 가을

가을이 시린 건
곧 맞이할 겨울과
체온을 맞추려 함이겠지요.

가을이 아픈 건
내내 함께했던 잎들과
작별을 앞둔 까닭이겠지요.

가을이 외로운 건
맑은 햇살 따사롭지만
노을 지면 홀로이기 때문입니다.

시리고, 아프고, 외로워도
가을이 아름다운 건
함께해 줄 사람이 있기 때문입니다.

○ 꽃이 된 당신

꽃밭에서
당신을 들어 올린다.

내려놓고 보니
당신이 보이지 않는다.

어느새
꽃이 된 당신.

○ 봄꽃

긴 겨울 지나고
막 피어난 봄꽃을 보시거든

"참 이쁘네"라고 말해주세요.
가장 듣고 싶어 할 테니까요.

○ 휴식

강기슭에 웅덩이를 파고
"물 휴게소" 푯말을 건다.

오랜 여정에 지친 물이
잠시 쉬었다 갈 수 있도록.

○ 가을, 코스모스

뾰족하지 않고
모나지도 않고
둥그스름한 너.

톡 쏘지 않고
확 다가오지도 않고
서서히 스며드는 너.

비탈진 곳에서도
척박한 곳에서도
살랑살랑 웃어주는 너.

그래서 좋다.
가을, 코스모스!

○ 나눔

숯불에 고기를 굽는다
지글지글 노릇노릇

배고픈 들고양이
여태 기웃거린다.

그래 너도 한 점.

○ 허기진 하루

배고픈 들고양이 마루 밑에
납작 몸을 숨기고 있다.

장 보러 나온 참새 한 마리
마루 앞에서 먹이를 구할 때쯤

고양이 앞발톱은 허공을 가르고
참새는 운 좋게 날아오른다.

고양이 가족도 참새 가족도
오늘은 굶어야 하나 보다.

○ 염치

우리 집 텃밭은
고라니가 주인

새싹 돋는 대로 날름날름
잠 깨던 씨앗 가족 화들짝

○ 제자리

화분 꽃 들에다 심고
어항 물고기 강에다 푼다.

들은 싱글벙글
강은 덩실덩실

○ 옷장

파릇파릇
새싹 돋아나는 초봄엔
빨간 셔츠 뽐내어 봄꽃 잠 깨우고

울긋불긋
새 옷 갈아입는 늦가을엔
잎새 따라 노란 스웨터로 치장한다.

주렁주렁
네모 옷장엔
알록달록 사계절이 매달려있다.

○ 쟁기질

산기슭에선 이랑을 만드느라
이랴 이랴 워대대대
연신 소를 재촉하시는 아버지

한 발 두 발 내딛는 소도 힘들고
비틀비틀 뒤따르는 아버지도 힘들다.

텃밭에선 이랑을 만드느라
이랴 이랴 워대대대
연신 아내를 재촉하는 나

한 발 두 발 내딛는 아내도 웃고
삐뚤삐뚤 쟁기질하는 나도 웃는다.

○ 해당화

봄꽃이 떠날 때쯤
톡톡 꽃망울 틔우는 해당화

방긋방긋 붉은 입술 예쁘지만
여기도 삐죽, 저기도 삐죽
연신 이웃을 밀어내고 있다.

이놈!
그 꽃 시들기만 해봐라
두릅 동네로 보내버릴 테니.

○ 찔레꽃

하얀 나비 한 마리
찔레나무에 앉는다.

가까이 다가가 보니
어느새 사라지고 없다.

가느다란 더듬이는
노란 수술이 되었고

팔락이던 하얀 날개는
흰 꽃잎으로 변했다.

○ 장미의 전쟁

한여름 담벼락 아래엔
노란, 빨간 장미 서로 으르렁댄다.

노랑은 빨강에 유혹하지 말라 하고
빨강은 노랑에 질투하지 말라 한다.

아침부터 옥신각신한 탓인지
해 질 녘 장미 넝쿨이 축 늘어져 있다.

○ 우주로 가는 길

이른 가을 긴 강변엔
작은 은하계가 펼쳐졌다.

하얀, 빨간 오색별 반짝반짝
그 사이로 길 하나 열려 있다.

한들한들 코스모스 배웅 받으며
한 걸음 한 걸음 우주로 향하는 나.

○ 물방울

개울로 가던 길
통나무 난간에 매달려

낮엔 해를 품고
밤엔 달을 품더니

동틀 녘엔
여린 잎새마저 품었구나.

그 작은 몸으로.

○ 하늘은

하늘은

눈이 참 크다.
내가 본 것, 친구가 본 것 다 본다.

귀가 참 크다.
내 하소연, 친구 하소연 다 들어준다.

입이 참 크다.
붉은 태양도, 둥근 달도 다 삼킨다.

통이 참 크다.
그리 많이 보고, 듣고, 삼키고도 태연하다.

난 언제나 하늘을 닮을 수 있을까.

○ 절벽에 핀 꽃

절벽에
혼자라
무섭고
외롭지만
기왕 태어났으니
어떻게든 살아봐야지.

꽃 피우고
씨앗 영글면
가을 태풍에 실어
친구들 많은 곳으로
날려 보내야지.
수북수북 살아가도록…

○ 일출

불면의 긴 터널 끝나갈 무렵
요란한 새 울음소리 쫓아 나선다.

아직 잠들어 있는 골목을 지나
노란 달맞이꽃 반기는 곳 다다르니

억겁을 참은 용암이 들끓듯
화약 더미 붙은 불이 타오르듯

붉은 기운 용솟음치며
뜨거운 피 흔들어 깨운다.

○ 달과 별

밤하늘엔
달과 별이 숨바꼭질하네요.

반짝반짝 작은 별 도망가면
성큼성큼 큰 달이 쫓아갑니다.

외로울 땐
밤하늘을 보세요.

달이 보이고요.
별이 보이고요.
고향 친구들이 보이고요.

하늘나라
엄마, 아빠도 보인답니다.

○ 처마 밑 메밀 가족

하얀 모자, 연둣빛 드레스에
빨간 장화로 단장한 메밀 가족

올가을 봉평 메밀꽃 축제 보러
일찌감치 먼 길 나섰다.

갓 젖 뗀 막내는 첫째가 업고
그 위는 둘째가 돌돌 감싼다.

도란도란 중부에 다다르니
때늦은 장맛비 마구 쏟아진다.

허 생원, 동이 만날 생각에
처마 밑 웅크림도 즐겁기만 하다.

○ 재래시장

사람 냄새 물씬 풍기고
따뜻한 정이 넘실거리는 곳

유통기한 없어도
눈대중으로 달아도
믿을 수 있는 곳

있는 것 다 있고
없는 것 없는 만물상 같은 곳

이 어른은 엄마 같고
저 어른은 아빠같이 느껴지는 곳

맑은 날도 흐린 날도
재래시장을 가는 이유다.

○ 귀로

가을볕 반짝이는 누런 벼 이삭엔
메뚜기 두 마리 사랑에 빠져있고

주름진 어머니 지푸라기 한 줌으로
펑퍼짐한 배춧잎 꽁꽁 동여맨다.

앞 밭 메주 콩잎 울긋불긋 단풍 들면
누런 감 하나둘 곶감으로 환생한다.

앞서거니 뒤서거니 노 부부 귀로엔
풀벌레 합창단의 감미로운 불협화음.

○ 사랑한다면

그 사람이 원하는 것을
해주려 하기보다

싫어하는 것을
하지 않는 것이 좋습니다.

원하는 것은
어떻게라도 얻을 수 있지만

싫어하는 것을 하지 않는 것은
지금 그대만이 할 수 있을 테니.

○ 검정 고무신

어머니가 장날에 사다 주신
새카만 고무신

개울에서 버들치 잡으면
이동 어항이 되고

흙더미에서 고무신을 밀면
기차 한 칸이 되었다.

바닥이 닳아 간질간질할 때쯤
새 신발을 사주시곤 하셨다.

오래된 신발이 쌓여 있는 건
아직 바닥이 멀쩡한 까닭이다.

○ 모성애

따스한 어느 봄날
나무 우체통에 새 한 마리 날아들었다.

풀이며 이끼며 며칠을 물어 나르더니
새끼를 낳을 아담한 둥지를 만들었다.

알을 낳고 품기를 여러 날
초롱초롱한 새끼 여섯 마리가 태어났고
어미의 정성으로 쑥쑥 자랐다.

어느 날,
지저귀는 새소리에 우체통을 봤더니
들고양이 한 마리 그 위에 앉아 있다.

얼른 뛰어가 고양이를 쫓아냈지만
불안한 마음을 떨칠 수 없었다.

며칠 뒤 살짝 열어 본 새장엔
새끼들이 서로 기대 잠들어 있었다.
짧은 생을 마감한 채.

허구한 날 고양이가 버티고 있어
어미 새가 먹이를 주지 못한 까닭이다.

잠시나마 몸을 뉘었던 이끼에 싸서
여섯 송이 꽃과 함께 화장해주었다.

며칠 후,
먹이를 입에 문 어미 새 한 마리
여전히 빈 우체통 위를 서성이고 있다.

○ 유혹

바스락바스락
낙엽이 속삭입니다.
산으로 가자고.

반짝반짝
햇살이 속삭입니다.
넓은 들로 가자고.

소곤소곤
바람이 속삭입니다.
바다로 가자고.

산을 끼고
들을 지나
바다로 가는 중입니다.

○ 연애편지

얼기설기한 마음
백지 위 툭툭 떨어트려
썼다 지우고 썼다 지우고

우표에 침 발라 보내면
오늘은 도착했으려나
보고 어떤 생각을 할까?

떨리는 마음 답장 받으면
궁금함보다 설렘이 앞서
아끼고 아끼다 뜯어보던 날

세상은 왜 그리 환하고
몸은 또 왜 그리 가벼웠던지

○ 공존

하얀 눈이 온 세상을 뒤덮을 때
까만 감나무에 매달린 빨간 홍시를
콕콕 쪼아 먹던 흑백의 까치 한 마리

손주 간식이던 그 귀한 홍시를
까치밥으로 남겨두셨던 할머니는
하늘이 보내주신 천사가 아니었을까.

○ 빈 의자

영식이 할배요

인자 담배 고마 피우소
술도 좀 줄이시고
젊을 땐 일이 심들다고
늘그막엔 자슥들 걱정에.

영식이 할매

혼자 적적하지 않으신가?
밤엔 무섭기도 할 텐데
그 잔소리가 그립고 또 그립소만
내 걱정일랑 말고 천천히 오시게.

○ 이별

젊을 적 이별을 하면
다시 사랑할 수 없을 것 같아 울고

느지막이 이별하면
다시 사랑할 수 없다는 것을 알기에 운다.

○ 내 사랑

우리 강아지
내가 이뻐해 주면 이웃도 이뻐해 주고
내가 미워하면 이웃도 미워합니다.

내 사랑
남들 앞에선 더 사랑해 주세요.
그러면 더 사랑받습니다.

○ 무지개

후드득후드득
시커먼 먹구름 요동친 곳에

일곱 색조 화장한 무지개 처녀
수줍은 듯 배시시 미소 내민다.

언뜻언뜻 햇살 받으며
두 팔 뻗어 하트 그리니

여기 예비역도 저기 노총각도
두근두근 애타는 장마철 오후.

○ 복분자

6월이 되면 녹색 보석함엔
하양, 노랑, 주황, 빨강, 깜장…
오색 보석 가득 담긴다.

올가을 시집가는 막내딸
엄마 손잡고 예물 쇼핑 나섰다.

흑수정 두어 개로 딸 귀걸이 하고
루비 한 움큼으론 엄마 목걸이 한다.

종종걸음 모녀의 뒷모습이
서산 꽃노을만큼이나 곱다.

○ 수확

쌀통 열어
햅쌀 듬뿍

뒤주 열어
서리태 한 줌

자작자작 불 피우면
작은 솥뚜껑 들썩들썩

모락모락 고슬고슬
햇김에 돌돌 말아

한 해 농사 고생했소
당신 한 입 나도 한 입

○ 김삿갓 방랑기

그해 한창 무덥던 12시 55분

막내 손톱 분홍빛으로 물들 때쯤
땀범벅 부모님 삽작거리 들어오신다.

군데군데 녹슨 라디오에선
어김없이 김삿갓 방랑기가 흐르고

코흘리개 동생 배고프다 칭얼거리면
울 어매 흙손으로 피감자 삶아 주셨다.

＊ 삽작거리: 대문 앞쪽

○ 배려

동물에게 음식을 줄 때

"옜다 먹어" 툭 던져 주기보다
"이거 먹어" 다정하게 주세요.

그들도 감정이 있으니까요.

○ 둘이 사귄다는 것

하나가 되기 위해
맞추어 가는 것이 아니라

서로 다름을 인정하고
있는 그대로 존중해주는 것.

○ 잘 되길 바란다는 것

가까이 다가가서
들여다보는 것이 아니라

멀리서 가만히 지켜봐 주는 것.

○ 고마움

뭘 콕 집어서
고맙다고 하고 싶은데

그냥 다 고맙네.
미안하기도 하고.

○ 괜찮아

걱정하지 마.
괜찮아.

실수하면 어때
다시 하면 되지.

○ 커피 한 잔

향긋한 모닝커피엔
따뜻한 그이 마음이

쓰디쓴 한낮 커피엔
고독한 이 대리 눈빛이

달달한 저녁 커피엔
포근한 엄마 미소가 담겨있다.

○ 향수

출근길
지나는 골목엔
보글보글 청국장
노릇노릇 간고등어 향기가 솔솔
어매 손맛이 사무치게 그립습니다.

퇴근길
스치는 식당가엔
지글지글 삼겹살,
치 찌직 닭 튀기는 소리에 꿀꺽
빙그레 형제 얼굴이 떠오릅니다.

○ 동행

휴… 휴… 성님
우리도 많이 늙었는갑소.

강에서 물괴기 쫓아댕기고
고무줄 탈 때가 엊그제 같은디.

휴… 휴… 동상
이제 곧 해가 저물것지.

캄캄한 밤이 와도 난 괜찮소
이리 든든한 자네가 있으니

오늘 저녁은 내가 차려봄세
나물 찬에 막걸리도 한 잔 허구.

○ 무서리

고운 단풍 스러진 새벽
하얀 바람 타고 오신 손님

모시옷 풀 먹이듯
늦 푸르름 숨죽였다.

손길 바쁜 김장배추
속까지 노랑물 들이고

뾰족 대봉감 달달하게
가을 마침표 찍어주다.

○ 우리 과장님

점심시간
같이 밥 먹는 과장님은
늘 옆자리에 앉으신다.

이유를 물어봤더니
"못생긴 내 얼굴을 보면
밥맛이 나겠냐"며 웃으신다.

잠시 머뭇거리다
맛있는 반찬을 슬그머니
과장님 앞에 옮겨 놓았다.

○ 나비

아담한 숲속 작은 마을
팔랑팔랑 나비로 태어난 나.

작고 나약한 모습에
엄마 아빠 원망도 했지만

하나둘 꽃피기 시작하니
사방에서 오라고 손짓한다.

백일홍, 소국 네 집 지날 때쯤
빨랫줄엔 힐끗힐끗 고추잠자리.

○ 울보의 계절

밤나무 아래에 서면
그해 추석
알밤 봉지 주시던
아버지 생각에

호두나무 아래에 서면
그해 가을 호두알 줍고 웃으시던
어머니 생각에

감나무 아래에 서면
그해 겨울
빨간 홍시를 주시던
할머니 생각에 눈물이 납니다.

○ 전당포

24시간 대출
방문 즉시 대출

허기진 청춘의
발길을 이끄는
달콤한 속삭임

자식 공납금 구하러
밀린 외상값 독촉에
예물 반지 툭 맡겼던

작은 창문 열어젖히며
안경 너머로 바라보던
할아버지의 빛바랜 미소

제 3 부

촌뜨기의
도시 적응기

○ 보증금 200에 월 12만 원

쌀 한 줌, 냄비 하나에 숟가락 두 개만 있으면 알콩달콩 행복할 줄 알았던 신혼생활, 그해 5월쯤 우린 수원 인계동 단독주택가 단칸방에서 단출한 신혼살림을 시작했다.

보증금 200에 월 12만 원이다 보니 난방 온도조절은 주인집에서만 할 수 있었고, 부엌은 밖에, 그리고 10여 미터 떨어진 철제 대문 옆에 붙어있던 화장실은 재래식이었다.

따뜻한 계절은 그럭저럭 큰 불편함 없이 지냈지만 겨울이 문제였다. 날씨가 추워지자 바깥 부엌에 있던 수도꼭지는 이내 얼어버렸고, 이불속에서도 한기가 돌쯤 망설임 끝에 온도 좀 높여 달라고 주인집 방문을 두드렸다.

아내와 난 좀 더 나은 환경으로 가고 싶어 틈만 나면 벼룩시장을 뒤적이며 '단독주택 2층, 주방 겸 거실, 욕실, 기름보일러, 전세 2,500'을 뚫어지게 바라보곤 했다.

지금 사는 지방 25평 아파트 생활에도 감지덕지하는 것은 그때의 힘들었던 기억 때문인지도.

○ 양복 한 벌 값으로 세 벌

40대 1의 경쟁률을 뚫고 승진시험에 합격했더니 아내는 꼬깃꼬깃 숨겨두었던 20만 원을 손에 쥐어주며 양복을 사러 가자고 했다.

시골에서 막 올라오다 보니 변변한 양복 한 벌이 없었다. 심지어 동료 결혼식장에 빛바랜 점퍼를 입고 갈 정도였으니.

남문시장으로 향했다. 입구를 지나 안으로 쑥 들어가니 온통 고급 옷집이었다. 이전엔 주로 시장 입구 노점상에게서 사다 보니 안으로 들어갈 일이 없었다.

유명 옷집에선 한 벌에 20만 원, 그저 그런 곳에선 7~8만 원.
갈등할 필요도 없었다. 똑똑한 한 벌 사자는 아내의 말을 들은 척도 않고 이곳에서 한 벌, 저곳에서 한 벌, 심지어 당시 나이트클럽 지배인들이 즐겨 입던 투 버튼 양복까지 총 세 벌을 샀다.

그렇게 마련한 싸구려 양복은 금방 해지고, 빛바래고…. 2년 후 한 벌도 남아있지 않았다. 이후로 운동복 외엔 내 옷을 내가 직접 골라본 적이 없다. 아니 직접 고를 선택권을 아내한테 빼앗겨 버렸다.

○ 중고 유모차

우량아로 태어난 아들은 이것저것 가리지 않고 잘 먹어서인지 쑥쑥 자랐다. 아장아장 걸을 때쯤엔 뽀빠이 볼인 양, 이스트 먹은 밀가루 반죽인 양 양쪽 볼이 터질 듯 토실토실했었다.

신혼살림을 시작했던 곳엔 자그마한 언덕이 있었고, 그곳을 지나야 작은 백화점과 남문시장을 갈 수 있었기에 아내는 장을 보러 갈 때면 포대기로 아들을 업고 갔다 오곤 했다.

어쩌다 멀리서 그런 아내의 힘겨워하는 모습을 볼 때면 측은함을 넘어 미안하기 그지없었다. 새 유모차를 사자니, 가격이 부담스러웠고, 중고를 사자니, 아들한테 미안했고.

결국 중고물품을 사고 파는 교차로를 뒤진 끝에 몇 년 탄 중고 유모차를 샀다. 씻고 닦기를 여러 번, 아들을 태우고 다녔던 아내는 상감마마 행차 부럽지 않은 표정이었다.

다 큰 아들이 천신만고 끝에 직장을 잡더니 차가 필요하다는 것이다. 수소문 끝에 10년이 지난 중고차를 한 대 사줬더니 신기한 듯 자다가도 일어나 주차장을 다녀오곤 한다.

그 모습을 물끄러미 바라보는 아내의 두 눈엔 덜커덩덜커덩 낡은 유모차 모습이 담겨있는 듯하다.

나를 일어서게 하는 것들

○ 장미꽃 한 송이

국도변을 지나다 꽃을 파는 비닐하우스가 보이면 가슴이 덜컥 내려앉는다. 난 애써 다른 곳을 가리키며 아내의 시선을 빼앗으려 애써 보지만 그녀는 예외 없이 꽃집으로 눈길을 주며 무언의 강요를 한다. 빨리 핸들 꺾으라고.

첫 아이와 함께 어렵게 살림을 하던 때라 꽃은 필요한 것이 아니라 있으면 좋고, 없어도 되는 그런 시시한 물건쯤으로 생각했던 나와 달리 아내는 그 꽃 한 송이가 그리 갖고 싶었나 보다.

어느 날, 양동이에 장미꽃을 가득 담아 팔고 있는 노점상 앞을 지나게 되었다. 문득 옆에 있던 아내가 보이질 않았고, 저 멀리 노점상 앞에서 꼼짝하지 않고 서 있었다. 빨리 오라고 소리를 질렀고, 아내는 마지못해 발걸음을 옮겼다. 뾰로통한 아내에게 장미꽃값으로 호떡을 사준다고 했더니 "싫어욧!"이라고 단호하게 말했다.

아들을 포대기에 없고 비닐봉지 몇 개를 덜렁거리며 힘겹게 발걸음을 옮기던 그녀는 이전과 달리 오랜 침묵으로 일관했고, 사태의 심각성을 깨닫는 데는 그리 오래 걸리지 않았다.

아내와 눈이 마주치는 순간 그녀의 눈엔 눈물이 고여 있었고, 그제야 장미 한 송이 때문에 사달이 났다는 것을 알게 되었다.

하우스 안으로 들어가 감감무소식인 아내한테 빨리 나오라고 재촉하지 못 하는 것은 바로 그 장미꽃 한 송이 때문이다.

아! 그때 그냥 사줄걸!

○ 나이 50에 첫 해외여행

원래 비행기 타는 것을 좋아하지 않는 데다 특별히 여행을 즐기는 편도 아니라 해외여행은 언감생심이었고, 그런 남편의 태도가 못내 불만이었던 아내는 기어코 일을 저지르고야 말았다.

일본에 있는 아들을 만나러 가야겠다며 둘의 왕복 항공권을 끊어버렸고, 퇴로가 막힌 채 꼼짝없이 동행하게 되었다. 기다리지 않는 시간은 왜 그리 빨리 가는지 두어 달 남았던 출국 일자는 코앞으로 다가왔고, 이른 아침 인천공항행 리무진 버스에 몸을 실었다.

눈앞에 등장한 인천공항은 신세계 그 자체였다. "2시간 전에 도착하여 티켓팅과 수화물을 맡기면 된다."고 하여 그렇게 한 후 아내에게 커피 한 잔을 들려주고선 공항 구석구석을 살피기 시작했다.

한참을 지나 아내가 있는 곳으로 오니 아내는 이제 출발시간 15분 전이니 그만 나가자고 했다. 아직도 그렇게 남았냐고 호기롭게 여유를 부리다 탑승수속을 밟으러 갔다. 출구 앞에서 공항 직원에게 항공권을 보여주자, "이 시간까지 여기 있으면 어쩌냐"는 직원의 다그침에 '뭔가 크게 잘못됐구나'라는 생각이 들기 시작했다.

직원이 안내해준 통로로 달리기와 멈추기를 반복했고, 하이힐을 신었던 아내는 절뚝거리는 와중에도 힐끔힐끔 원망의 눈길을 보내곤 했다. '왜 잘 알지도 못하면서 쓸데없이 공항 투어는 했냐.'고 하면서.

헐떡이던 숨을 고를 무렵, 비행기가 나타날 것 같은 기대는 물거품처럼 사라지고 생각지도 못한 전철이 떡하니 버티고 있었다. 비용을 아끼려고 저가 항공을 택한 것이 화근이었다.
공항을 버스터미널쯤으로 가볍게 생각한 대가치곤 혹독한 경험이었다.

간신히 일본행 비행기에 몸을 실었고, 가쁜 숨과 송골송골 맺힌 땀방울을 겨우 진정시키고 나니 어느새 새로운 땅이 눈앞에 펼쳐지고 있었다.

열다섯 번의 이사

"당신 참 희한하네요. 술 마시고도 꼬박꼬박 집 잘 찾아오는 걸 보면요."

이사를 하고 며칠쯤 지나면 어김없이 아내는 한마디씩 하곤 했다.

그도 그럴 것이 결혼생활 30년에 열다섯 번 가량 이사를 했으니 얼추 2년에 한 번씩 옮겨 다녔던 셈이다.

한곳에 정착한 후 나만 옮겨 다니면 될 일이었으나, 가족은 함께 있어야 한다는 암묵적 동의를 했던 터라 내가 다른 지역으로 발령받으면 나머지 가족도 당연히 따라 움직이는 것으로 알고 있었다.

나야 수시로 발령을 받으니 그렇다고 하더라도 아이들이 고역이었다. 한창 감수성이 예민할 나이에 자꾸 학교가 바뀌다 보니 친구를 잘 사귈 수 없었다.

어느 날, 퇴근해보니 초등학생이던 아들의 표정이 상기돼 있었다. 전학한 지 며칠 만에 반장 선거를 했는데 두 표를 받았다는 것. 한 표는 자기가 자기를 찍은 건데 나머지 한 표를 누가 자신한테 찍어줬는지 참 신기하다는 것이었다. 그렇다고 같이 웃을 수만은 없는 노릇이었다.

얼마 전, 열다섯 번째 이사를 했다. 정확히 말하면 지방으로 발령을 받아 부부 둘만 떠나온 것이었다. 딸은 결혼하여 분가하였으니 아들만 덩그러니 혼자 남았다. 언젠가는 이렇게 될 일이었지만 혼자 남은 아들이 못내 걸리는지 아내의 전화기는 한동안 아들과 통화 중이었다.

○ 매일 5시간 20분의 여행

집을 나와 버스를 두 번 갈아타고 내리면 전철역에 도착, 이어서 전철을 1시간 30분 정도 탄 후, 다시 버스를 한 번 더 타고 내려야 직장에 도착하곤 했다.

출근길 편도 2시간 40분 소요. 퇴근길은 거꾸로 비슷한 시간이 걸리고.

충남 아산으로 발령이 났다. 경기도 화성에 집이 있었던 난 당연히 출퇴근할 수 없다는 생각에 관사에서 생활할 준비를 마쳤으나, 관사로 퇴근한 첫날 멍하니 텔레비전만 보다 보니 차라리 오래 걸리더라도 출퇴근하는 게 낫겠다 싶어 도전해 보기로 했다. 다행히 근무지가 학교라 출퇴근 시간이 정확했으므로.

타고 내리고, 타고 내리고, 틈틈이 걷고…. 우려와 달리 이동을 번갈아 하다 보니 그 긴 시간도 금세 가곤 했다. 덤으로 세상 돌아가는 풍경도 보고, 유행 따라 사는 법도 배우고.

어느 날, 동료 한 명이 그런 나를 보고 부럽다고 했다. 이건 또 무슨 소리?

자신은 집이 코앞이라 매일 단조로운 생활만 반복하는데 나는 매일 5시간여 여행을 다니니 부럽다는 것이었다.

"그럼 바꿔서 다녀볼까요?"라는 나의 질문에 그는 잠시의 망설임도 없이 고개를 설레설레 흔들었다. 6개월간의 짧지 않은 여정이었다.

○ 촌뜨기의 도시 적응기

두리번두리번, 낑낑거리며 큰 가방을 메고 들고 현대식 건물인 대학 기숙사에 들어섰다. 처음 접해보는 침대도 낯설었지만, 방 친구의 살짝 끝이 올라가는 서울 사투리도 이상하긴 마찬가지였다.

이래저래 짐 정리를 대충 마치고 외출을 하기 위해 나서는데 방문을 잠글 수가 없었다. 기웃기웃, 만지작만지작해도 방문은 닫히지 않았고 투덜투덜 불평하는 소리를 듣던 앞방 사람이 나와 "왜 그래요?" 하며 다가오더니 톡 하고 방문 손잡이 버튼을 안에서 누르고는 잠그는 게 아닌가.

여닫이문이나 미닫이문만 겪어봤던 터라 알 턱이 없었고 그렇게 무안한 마음을 진정시킨 채 저녁이 되었다.

복도 끝에 붙어있던 화장실, 여기서도 문제가 발생했다.
엉덩이를 찬 곳에 붙이고 일을 보는 것도 처음이었지만 일을 본 후 도통 처리할 수가 없었다. 하는 수 없이 바가지로 물을 받아 변기통에 부어봤지만, 내 몸에서 분리된 그놈은 제자리를 맴돌기만 하고. 역시 이번에도 지나가는 사람의 도움을 받고서야 상황을 마무리할 수 있었다.

카드인식, 홍채인식, 번호키를 능수능란하게 다루고 있는 한 도
시인.

그가 과거엔 문도 못 잠그고 변기 물도 못 내리는 촌뜨기였다는 것
을 누가 알기라도 하면 어쩌나.

○ 전철 개찰구

지방에서만 살던 아내(당시엔 여자친구)는 나를 만나러 서울에 왔고, 난 아내를 소개해주기 위해 대학 친구들을 불러 모았다.

식당에서 만나 간단히 소개 후 주거니 받거니 화기애애한 분위기는 한참 동안 계속됐고, 다시 자리를 옮기기 위해 전철역으로 향했다. 평상시엔 여자친구와 다정하게 지내다가도 남들 앞에선 퉁명스럽게 대하는 것을 멋으로 알고 있던 잘못된 행태가 그만 문제를 일으키고 말았다.

나와 친구들은 각자 전철표를 끊었고, 난 두 장을 구해 그중 한 장을 아내에게 건넸다. 오랜만에 만나 기분이 들떠있던 남자들은 서로 장난을 쳐가며 개찰구를 익숙한 몸놀림으로 빠져나갔고, 한참을 가서야 아내가 옆에 없음을 알아챘다.

처음 전철을 타보는 아내는 표를 밀어 넣은 후 몸으로 봉을 밀어야 빠져나올 수 있다는 것을 몰랐고, 그 자리에서 계속 서 있었다. 남자들은 키득거리며 저만치 멀어져 가고 있었으니 그 속이 얼마나 타들어가고 화가 났을까.

빨리 뛰어와 사태를 수습하려 했지만 이미 아내의 마음은 상해 버렸고, 다신 그러지 않겠노라며 싹싹 빈 다음에야 어렵사리 상황을 수습할 수 있었다. 배려심 없는 가벼운 행동으로 인해 평생 노총각으로 살 뻔했던 아찔한 순간이었다.

향하는 내비 (navi)

직장에서 자연으로

○ 준비 배경 및 시기

초등학교 3학년 때쯤부터 일 것 같다.

농번기 휴일 새벽이면 어머니께선 여지없이 들에 가자며 어렵사리 자식들을 깨우곤 하셨다. 그도 그럴 것이 십 수 마지기 되는 천수답 천수전을 경운기 없이 농사를 짓자니 돌아서면 풀이 한 뼘씩 자라는 그 시기에 얼마나 일손이 부족했을까.

그렇게 휴일과 여름방학 돌아오는 것이 두려웠던 시절을 보낸 후 직장생활을 시작하게 되었고, "신이 인간에게 준 최고의 선물은 망각"이라고, 다시는 안 먹겠다던 매운 음식도 시간이 지나면 다시 그리워지듯 어느새 주거지 인근에 10여 평을 구해 주말이면 풀과 씨름을 하기 시작했다.

그러길 10여 년, 취향이 비슷했던 아내와 난 한술 더 떠 아예 퇴직 이후를 염두에 두고 전원 주택지를 찾아다니기 시작했다. 3~4년을 다녔을까? 우여곡절 끝에 경기 남부 쪽 아담한 곳에 300평쯤 마련하여 터를 잡았고, 주말이면 꿈에 그리던 자연인의 생활을 시작하게 되었다.

막상 사고(?)를 치고 보니 터를 고르고, 작은 집을 마련하고 농사일을 한다는 게 그리 만만치 않았다. 아내는 가끔 주중에도 가서 일하곤 했지만 난 주로 주말에만 가서 힘쓰는 일을 해야만 했고, 그나마 토요

일은 직장에 일이 있어 거의 못가다 보니 일요일엔 새벽부터 온전히 중노동에 시달려야만 했다.

겉으론 옥토로 보이는 평평한 땅이지만 괭이로 파면 돌이 탁탁 받쳐 작업은 멈추기 일쑤였고, 가끔 등장하는 큰 돌을 빼내고 나면 온몸에 진이 다 빠지곤 했다. 풀은 또 왜 그리 빨리 자라는지 다 뽑고 나면 처음 뽑은 자리에선 약 오르지, 하는 듯 어느새 또 쑥 자라 있었다.

트랙터 등 농기계를 이용하면 되겠지만 집과 꽃밭, 잔디 등을 제외하고 남은 어정쩡한 넓이의 텃밭을 일구다 보니 사람의 힘에 의존할 수밖에 없었다.

새소리 들으며 잠을 깨고, 신선한 공기 마시며 들길을 다녀와 가볍게 아침을 먹고, 은은한 커피 한 잔 마시며 감미로운 음악을 듣는다. 쓰르라미 합창하는 저녁을 지나, 밤이 되면 반짝반짝 빛나는 별들을 세며 어린 시절을 추억하는… 따윈 사치에 불과했다. 그 당시엔.

그렇게 힘겨웠던 몇 년의 시기를 겪고 나서야 이웃과 말문을 트는 등 겨우 주위를 둘러볼 여유가 생기기 시작했다.
3년여가 지나자 나무도 제자리를 잡고 쑥쑥 자라기 시작했고, 흙도 부슬부슬해져 고랑 만들기와 파종에 적당하게 되었으며, 10년이 지난 지금에야 비로소 꿈에 그리던 자연인의 여유를 조금씩 누리고 있다.

온전히 주말 시간을 보낼 수 있는 사람이라면 퇴직 10여 년 전에 전원생활을 시작해도 무리가 없겠지만, 그럴 수 없는 경우엔 퇴직이 3년 정도 남은 시점이 적당할 것 같다.

조급한 마음에 미리 시작하다 힘들어 관두거나, 그 과정에 부부 사이가 벌어지는 예상치 못한 경우도 생기기 때문이다.

○ 입지 선정

집사람과 퇴직 후에 전원생활을 하기로 의기투합 후 즉시 입지를 찾아 나섰다. 우선 생활 기반인 수원을 중심으로 가깝게는 화성, 용인, 안성에서부터 멀리는 문경까지 두루두루 살피고 다녔다.

뒤와 옆으로는 병풍 같은 산이 둘러 싸고, 앞으로는 탁 트인 전경에 강이나 호수가 있는 배산임수의 터, 뜨문뜨문 인심 좋은 이웃이 있고, 교통도 그리 나쁘지 않은 곳을 찾아 헤매다 보니 여간 만만한 게 아니었다.

그렇게 4년여를 다녔을까. 뒤로는 우뚝 솟은 산, 앞은 탁 트인 전경에 좌우로는 이국적인 숲이 자리하고 있었고, 그 옆으로는 옥계수가 바위를 타고 시원스레 흐르고 있는 것이 딱 마음에 들었다. 물론 도심지와 많이 떨어져 있고 교통이 불편했지만 마비된 듯 꽃히고 말았다.

주저 없이 계약하려던 찰나, 운명처럼 아내의 전화기가 울렸고, 중개인이 안내해 준 새로운 장소를 향해 부리나케 나섰다.

경기 남부 지역 도심과 그리 멀지 않은 지역에 있는 곳, 도로 옆 자그마한 마을을 가로질러 얼마 들어가면 뒤쪽과 양옆으로는 야트막한 산이 자리하고, 앞은 탁 트였으며 저 멀리 큰 호수의 잔잔한 물결이 보이는 곳, 바로 늘 꿈꾸던 그곳이었다.

＊ 도움말

일단 발품을 많이 팔아야 한다. 구석구석 다녀보고 이 사람 저 사람 말도 들어본 다음 결정해야 한다. 계절마다 달라지는 풍경, 이웃과의 관계도 고려해야 한다.

지형적 위치, 취미활동을 할 수 있는 여건도 봐야겠지만 방범적 측면, 병원 등 생활 편의시설의 위치 여부도 중요한 고려 대상이다.

○ 집 크기 및 구조, 업체 선정

어렵사리 땅을 구했고, 토목작업도 완료했으니 이젠 집을 앉힐 차
례다.

아직 퇴직이 한참 남았으므로 집을 짓기보다 우선 컨테이너를 알아
보기로 하고 이곳저곳 찾아다니기 시작했다.

그러다 국도변에 있는 이동식 목조주택 전문매장을 들어가게 되었
고, 견물생심이라고 8평짜리 주택을 덜컥 구입하고 말았다. 거실, 주
방, 화장실, 샤워실, 쪽방, 2층 방…. 갖출 건 다 갖췄지만, 너무 비좁은
게 문제였다.

둘이 생활하는 데는 그럭저럭 불편함이 없었으나 손님이라도 오면
화장실이 하나이니 낭패요, 설거지통이 하나밖에 없으니 뒤처리는 모
두 아내 몫이었다. 샤워실이 좁으니 물은 사방으로 날리고…. 이웃의
넓은 집을 기웃거리던 아내는 이내 한숨을 쉬곤 했다.

다행히 데크가 넓어 빨래를 널고, 곡식을 말리고, 강아지가 뛰어 노
는 데는 부족함이 없었다. 먼저 주택을 짓고 사는 사람의 얘기로는 "절
대 2층은 하지 말라"고 한다. 청소도 힘들고 난방비도 만만치 않다며.

퇴직 후엔 다시 집을 지어야 하는데 우린 25평 전후에 2층은 없는

단층형으로 하기로 했다.

넓은 거실에 큰 방 하나, 사방이 탁 트인 가족실, 넓은 주방과 욕실이면 부족함이 없이 생활할 수 있을 것 같기 때문이다.

✳ 도움말

상주하는 가족의 수, 방문하는 사람들, 개인적 취향 등 여러 가지를 고려해야 겠지만 기본적으로는 25평 전후 단층이 무난할 것 같다. 아울러 가장 중요한 고려사항 중 하나는 방향이다.

되도록 남쪽으로 해야 한다. 해는 여름엔 동에서 떠서 서로 지고, 겨울엔 남에서 떠서 북으로 진다. 다시 말해 남향으로 한다면 여름엔 해가 들어오지 않고 겨울엔 아침부터 종일 해가 집 안에 들어오기 때문이다.

○ 이웃과의 관계

이 부분은 본인의 성향에 따라 좌우된다. 이웃과 어울리기를 좋아하는 사람과 그렇지 않은 사람. 전자의 경우엔 마을 행사나 동네 애경사에 적극적으로 참석하다 보면 금방 친해지게 된다. 수시로 마을회관 등을 이용하여 동네 사람들과 수다를 떨 수도 있고.

도심을 떠나 전원생활을 시작하는 사람으로서는 아무래도 후자의 경우가 더 많을 것이다. 이웃과 최소한의 교류만 하고 각자의 생활공간을 존중해주고 존중받는 것.

새소리 물소리만 들리는 적막함이나, 띵똥띵똥 수시로 들려오는 초인종 소리나 일장일단이 있다. 그래도 인간은 사회적 동물이니 적당한 교류는 삶의 활력을 주고 상부상조할 수 있어서 좋다.

문제는 이웃과의 갈등이다. 세대 간 엄격히 분리된 도심과 달리 사방이 터져있는 시골은 말 그대로 밖에서 집 안까지 훤히 보인다. 좀 친해졌다 싶으면 시시콜콜 간섭하고, 좀 맞지 않는다고 끼리끼리 흉을 보기라도 한다면 스트레스가 이만저만이 아닐 것이다. 그래서 "적당히"가 필요하다.

지금 좋다고, 우선 아쉽다고 너무 쉽게 다가가지도 아주 멀게 지내는 것도 좋지 않다. 서로의 경계와 영역을 존중해주고, 전원생활의 지나친 고요함과 생활 속 불편함을 해소해 줄 수 있을 정도의 관계면 족하다.

✻ 도움말

이웃 관계도 입지 선정과 깊은 관계가 있다. 한 번 정착하면 쉽게 옮기기 어려우니 처음 고를 때 이웃 할 사람들과 충분한 대화와 마을 정서 등의 정보를 수집한 후에 입지를 결정하는 것이 좋다. 사람은 쉽게 변하지 않으므로.

○ 심어야 할 나무, 피해야 할 나무

입지 선정이 끝나고 토목공사가 완료되면 주택 공사와 더불어 가장 먼저 시작하는 것이 나무를 심는 것이다. 작은 묘목은 몇 천 원에서부터 큰 것은 수십, 수백만 원까지 가격이 천차만별이다.

이웃과 비교도 되고 주변에 자랑도 하고 싶은 급한 마음에 비싼 묘목을 덜렁 사다 심으면 한 계절도 지나지 않아 죽기 일쑤다. 땅도 힘이 있어야 하고, 심는 요령도 있어야 하며, 지역별·장소별 생육조건이 각기 다르기 때문이다.

나무를 고를 땐 먼저 그 지역에 적합한 품종인지를 살펴야 한다. 아무리 감나무를 좋아한다고 해도 그 지역 환경에 맞지 않으면 살았다 죽기를 반복하기 때문이다.

많은 사람이 좋아하지만 중부지방에 적합하지 않은 품종으로는 감나무, 배롱나무, 대나무, 산천 등이 있다. 대체로 충북지역이 생육 북방 한계선이다. 물론 그 위쪽에서도 잘 자라는 곳이 있지만 대개 환기가 잘되지 않거나 뒤쪽에 건물이 위치하는 등 특수한 환경이라 잘 자라는 것이다.

다음으로 어떤 나무를 심을지다. 사람마다 취향이 다르므로 좋은

나무보다는 피해야 할 나무를 설명하는 편이 낫겠다. 두릅나무, 해당화, 대추나무는 집안에 두는 것을 피하는 것이 좋다. 그 번식력이 어마어마하기 때문이다. 되도록 좀 떨어진 곳에 심는 것이 좋다.

또 하나 주의해야 할 점은 식수 간격이다. 처음엔 작은 묘목을 심기 때문에 다닥다닥 심는 경우가 많다. 하지만 몇 년 지나면 쑥쑥 크므로 우선 좀 황량해 보일지라도 나중을 생각해 듬성듬성 심는 게 좋다. 다 자란 나무를 잘라내거나 캐내는 것도 여간 고역이 아니기 때문이다.

나무는 보통 심고 나면 한 3년간은 자라지 않고 잎만 붙었다 떨어지기를 반복한다. 아마 땅과 기후조건에 적응하느라 그러지 싶다. 그 시기가 지나고 나면 장마철 물불 듯 쑥쑥 자란다. 놀라울 속도로.

따라서 퇴직이 임박했다면 곧 완전한 정착을 할 것이므로 좀 큰 묘목이나 나무를 사는 것도 좋겠지만 아직 퇴직이 많이 남아있는 경우라면 몇 천 원, 몇 만 원짜리 묘목으로도 충분하다.

나무는 아니지만, 잔디식재도 주의해야 한다. "저 푸른 초원 위에 그림 같은 집을 짓고~"를 들으며 자란 세대들은 잔디에 대한 막연한 애착이 있겠지만 어설프게 많이 심었다간 그 번식력에 두고두고 고생을 감수해야 한다. 꼭 필요한 만큼만 벽돌 등으로 땅속 울타리를 하고 심는 게 좋다.

* 도움말

그 지역에 적합한 품종을 찾으려면 이웃에 심어진 나무를 유심히 살펴보면 좋다. 아울러 가까운 시장에서 묘목을 파는 분들과 충분한 대화를 나누는 것도 필수다.

멀리 떨어진 곳에서 구한 묘목은 다른 지역에 잘 적응하지 못하는 경우가 많아 괜히 심느라 헛고생만 할 수도 있다.

어머니 아버지께

○ 소원

하느님
제 소원 하나만 들어주세요.

제 힘으로 할 수 있다면
부탁드리지 않을 텐데

제 노력으론 안 되니
어쩔 수가 없네요.

하늘나라에 계신 엄마, 아버지
하루만 아니 잠시만 보게 해 주세요.
할 말이 참 많거든요.

정말 고마웠다고
많이 사랑했다고
다시 태어나도
엄마 아버지의 자식이고 싶다고.

그리고

우리 아들 지난달 취직했다고
우리 딸 지난해 결혼하고
올봄에 이쁜 딸 낳았고
저도 큰 도시로 발령받아 왔다고.

그런데

하느님.
안 되겠어요.
부탁하지 않을게요.

벌써 이렇게 눈물이 나는데
만나면 우느라 아무 말도 못 할 것 같아요.

제가 울면 엄마 아버지는 더 우시거든요.

○ 선잠

솜구름 타고 샛바람에 기대 천상에 다다르니
나지막한 구릉 사이 낯익은 초가마을 펼쳐진다.

씰룩씰룩 꽃향기 맡으며 조심스레 발길 옮기니
노란 개나리 넝쿨 가엔 울긋불긋 철쭉이 한창이고.

삽살개 두어 마리 꼬리 흔들며 숨바꼭질하더니
매일 배고픈 어미 닭은 분주히 두 발 움직인다.

질겅질겅 되새김질 하는 어미 소 다리 사이
쪼그려 앉은 송아지 입가엔 젖 거품투성이고

러닝셔츠 차림에 애써 무덤덤한 아버지를 뒤로하고
환히 달려오시는 어머니 품속으로 훅 빨려 들어간다.

귓전을 때리는 버스 방송 소리에 눈을 뜨고 보니
달콤했던 선잠이 무척이나 아쉽다.

○ 후회

당연하다고 생각했습니다.

새벽 일 나가시면서도 차려주신 따뜻한 밥과 반찬이, 육 남매 옷 일일이 입혀주시고, 헤진 곳 있으면 머릿결에 바늘 문질러가며 꿰매 주시던 일이…

그해 겨울, 사랑방 아랫목에서 육 남매가 이불에 발 들이밀고 옹기종기 모여 있을 때 떠다 주시던 따뜻한 세숫물이, 풋고추 팔러 시장에 갔을 때 자식만 짜장면 사주시고 당신은 배가 부르다며 드시지 않던 모습이, 새벽이면 자식 등록금 걱정에 잠 못 드시고 전전긍긍하시던 그 모습이…

그래도 되는 줄 알았습니다.

걱정하시는 목소리에 그런 것은 왜 묻냐며 되레 핀잔을 주었던 일, 먼저 전화 주지 않으시면 사흘이고 닷새고 안부 전화를 미루었던 일, 일이 풀리지 않거나 화가 날 땐 괜히 당신에게 화풀이했고, 당신께선 다 내 탓이라며 미안해하시던 일…

땀 흘려 지으신 감자며, 고추며, 땅콩이며 주실 때 고맙다는 인사도 제대로 하지 못하고 당연한 듯 가져왔던 일, 명절에 차가 밀리니 오지 말라고 하실 때 가지 않았던 일, 외식 모시려고 했던 날 당신께선 배부르니 집밥 먹자고 했을 때 그냥 그러자고 했던 일, 낡은 옷이 안쓰러워 사드린다고 했을 때 장롱에 옷 천지니 그 돈 아껴서 아이들 옷 사주라는 말씀을 그대로 믿고 따랐던 일…

아직 먼 줄 알았습니다.

시간 날 때 찾아봬도 되는 줄 알았습니다.
나중에 사 드려도 되는 줄 알았습니다.
천천히 고맙다고 말씀드려도 될 줄 알았습니다.

다음 생신에 사랑한다고 말해도 될 줄 알았습니다.
다음 봄에 함께 여행을 가도 되겠다고 생각했습니다.
좀 가벼워지셨을 때 업어 드려도 된다고 생각했습니다.

이제서야 후회를 합니다.

울적할 때 전화로 투정 부릴 때가 없습니다.
화가 나도 딱히 기분 풀 데가 없습니다.
힘든 일이 있어도 하소연할 곳이 없습니다.

궁금한 일이 있을 때 맘 편히 물어볼 곳이 없습니다.
좋은 일이 있어도 아이처럼 자랑할 곳이 없습니다.
지쳤을 때 따뜻하게 기대어 위로받을 곳이 없습니다.

잠들어 계신 쪽을 바라보니 눈물이 납니다.
그곳에서도 오직 자식 걱정에 마음 편할 날 없으시겠지요.

나를 일어서게 하는 것들

이영상 지음

발 행 처 · 도서출판 청어
발 행 인 · 이영철
영　 업 · 이동호
홍　 보 · 천성래
기　 획 · 남기환
편　 집 · 방세화
디 자 인 · 이수빈 | 김영은
제작이사 · 공병한
인　 쇄 · 두리터

등　 록 · 1999년 5월 3일
(제321-3210000251001999000063호)

1판 1쇄 발행 · 2021년 1월 10일

주　 소 · 서울특별시 서초구 남부순환로 364길 8-15 동일빌딩 2층
대표전화 · 02-586-0477
팩시밀리 · 0303-0942-0478

홈페이지 · www.chungeobook.com
E-mail · ppi20@hanmail.net
I S B N · 979-11-5860-918-4(03810)

이 도서의 국립중앙도서관 출판시도서목록(CIP)은 서지정보유통지원시스템 홈페이지
(http://seoji.nl.go.kr)와 국가자료공동목록시스템(http://www.nl.go.kr/kolisnet)에서 이용
하실 수 있습니다.(CIP제어번호: CIP2020052206)